13 Février 89

V

VENTE DU MERCREDI 13 FÉVRIER 1889

HOTEL DROUOT, SALLE N° 5

OBJETS D'ART

DE

LA CHINE ET DU JAPON

BEAUX JADES — CRISTAUX DE ROCHE

Ivoires — Bois sculptés — Laques — Émaux cloisonnés
Bronzes — Objets de vitrine

PORCELAINES

EXPOSITION PUBLIQUE

Le Mardi 12 Février 1889

de une heure à cinq heures.

Me PAUL CHEVALLIER
COMMISSAIRE-PRISEUR
10, rue de la Grange-Batelière, 10

M. CHARLES MANNHEIM
EXPERT
7, rue Saint-Georges, 7

CATALOGUE

DES

OBJETS D'ART

ET DE CURIOSITÉ

DE

LA CHINE ET DU JAPON

Orfèvrerie

Beaux Jades et Cristaux de roche

Ivoires — Bois sculptés — Laques — Bronzes — Émaux cloisonnés

PORCELAINES

Nombreux Objets de vitrine — Petits Meubles

DONT LA VENTE AURA LIEU

HOTEL DROUOT, SALLE N° 5

Le Mercredi 13 Février 1889

à 2 heures précises, la vacation étant très chargée.

Me PAUL CHEVALLIER
COMMISSAIRE-PRISEUR
10, rue de la Grange-Batelière, 10

M. CHARLES MANNHEIM
EXPERT
7, rue Saint-Georges, 7

EXPOSITION PUBLIQUE

Le Mardi 12 Février 1889, de 1 heure à 5 heures.

CONDITIONS DE LA VENTE

Elle sera faite au comptant.

Les acquéreurs payeront en sus des enchères *cinq pour cent*, applicables aux frais.

L'exposition mettant le public à même de se rendre compte de l'état des objets, il ne sera admis aucune réclamation une fois l'adjudication prononcée.

Paris. — Imp. de l'Art. E. Ménard et Cie, 41, rue de la Victoire.

DÉSIGNATION DES OBJETS

JADES ET AGATES

1 — Jade blanc. Brûle-parfums à panse sphérique reposant sur trois pieds bas et à deux anses formées de dragons. La panse ainsi que le couvercle bombé sont ornés d'arêtes saillantes découpées et de rinceaux gravés dans les entre-deux. Le bouton du couvercle, de forme circulaire, est surmonté d'un dragon découpé à jour et pris dans le bloc. Travail chinois.

Haut., 14 cent.; larg., 14 cent.

2 — Jade blanc verdatre. Jolie théière de forme lenticulaire, décorée sur la panse de rinceaux fleuris très élégants en relief et à anse et goulot composés de branches et de feuillages finement gravés, repercés à jour et pris dans la masse. Le couvercle, décoré de feuilles en relief, est surmonté d'une graine. Travail chinois très soigné.

Haut., 17 cent.; larg., 16 cent.

3 — Jade vert. Grande et belle coupe ronde, décorée au pourtour de branches fleuries et de feuilles en relief et garnie de huit fleurs formant anses garnies chacune d'un anneau mobile, le tout pris dans le bloc. Le dessous de la pièce, ainsi que le fond intérieur, sont décorés chacun d'une large et élégante rosace. Beau travail chinois.

Haut., 6 cent.; diam., 25 cent.

4 — Jade vert. Curieux vase composé de deux cylindres reliés par un animal et un oiseau fantastiques. Un des vases offre, de plus, un dragon en relief, et l'autre, une anse verticale composée de grecques et de têtes de dragons, prise dans la masse et repercée à jour.

Haut., 12 cent.; larg., 11 cent.

5 — Jade vert. Vase double formé de deux troncs d'arbres reliés par des branches feuillagées. Au pied de l'un d'eux est un fong-hoang au repos ; le tout pris dans la masse. Socle en bois.

Haut., 12 cent.

6 — Jade vert. Coupe ronde légèrement évasée, offrant dans son pourtour des godrons multiples évidés d'épaisseur et formant cannelures à l'in-

térieur. Elle repose sur quatre pieds bas formés chacun d'une fleur et elle est cantonnée de deux anses à fleurs et anneaux mobiles, le tout pris dans la masse. Travail chinois remarquable.

Hauteur sans le socle en bois, 7 cent.; larg., 20 cent.

7 — Jade vert. Deux coupes analogues à celles qui précèdent, mais sans pieds ni anses.

Diam., 20 cent.

8 — Jade verdatre. Miroir ovale à biseau dont la monture entièrement en jade verdâtre est couverte d'incrustations d'arabesques d'or et de fleurettes d'émail imitant les pierres précieuses. Travail indien.

Haut., 21 cent.; larg., 14 cent.

9 — Jade verdatre. Vase formé d'un poisson debout, d'un dragon, de rochers et de flots, le tout pris dans le bloc. Travail chinois.

Haut., 22 cent.

10 — Jade blanc verdatre. Deux petits groupes composés, l'un de deux enfants, et l'autre d'un enfant et d'un animal couché. Socles en bois.

Haut., 48 et 43 millim.

11 — Jade blanc verdatre. Deux petits personnages assis (caricatures); l'un d'eux à tête de cheval tient un écran, l'autre à tête de bœuf tient un chasse-mouches.

Haut., 47 millim.

12 — Jade blanc verdatre. Deux bols couverts unis, évidés d'épaisseur et portant une marque à quatre caractères. Travail chinois.

Collection du colonel Guthrie.

Diam., 158 millim.

13 — Jade blanc verdatre. Petit vase en forme de balustre aplati, à deux anses têtes d'éléphants et anneaux mouvants pris dans la masse. Il offre sur chacune de ses faces un dragon à cinq griffes en relief. Le couvercle est surmonté d'une graine. Travail chinois.

Haut., 127 millim.

14 — Jade gris. Petit vase couvert de forme oblongue et surbaissée, décoré de fleurs et de feuillages en relief, et à deux anses branches de fleurs et anneaux mouvants pris dans la masse. Travail chinois.

Haut., 9 cent.; larg., 12 cent.

15 — Jade gris verdatre. Grand vase couvert en forme de balustre aplati, à deux anses têtes d'éléphants et anneaux mouvants pris dans la masse. Il offre sur sa panse deux frises d'ornements en relief, et à sa base des feuilles droites formant culot. Beau travail chinois. Socle en bois dur incrusté de filets d'argent.

Hauteur sans le socle, 29 cent.

16 — Jade gris verdatre. Petite théière à panse sphérique, couverte de rosaces, de fleurs et de feuillages en relief; à gorge évasée, ornée de filets saillants, et à goulot pris dans la masse et cannelé.

Haut., 75 millim.

17 — Jade verdatre. Petite coupe ronde, profonde et godronnée, avec anses plates découpées à jour et surmontées chacune d'une fleur au centre de laquelle est serti un rubis cabochon.

Haut., 5 cent.; larg., 11 cent.

18 — Jade blanc verdatre. Groupe de deux canards et de fleurs pris dans le bloc.

Haut., 45 millim.; larg., 80 millim.

19 — Jade gris. Petite coupe ronde unie, à deux

anses formées de branchages et prises dans la masse. Socle et couvercle en bois.

Haut., 45 millim.; larg., 110 millim.

20 — Jade gris. Deux pièces : Amulette formée d'un dragon sur fond découpé à jour, et plaque ovale bombée, décorée de branchages en relief et portant une inscription gravée et dorée.

21 — Jade grisatre. Plaque oblongue sculptée sur ses deux faces et représentant des rochers, des fleurs et des oiseaux. Elle est montée dans un encadrement en bois sculpté et découpé à jour formant écran.

Hauteur totale, 29 cent.; larg., 22 cent.

22 — Agate blanche et rouge. Groupe de deux figures : Personnage debout et enfant pris dans le bloc.

Haut., 7 cent.

23 — Agate mamelonnée. Coupe en forme de fruit, à branchages, feuillages et chauve-souris en relief.

Haut., 5 cent.; larg., 9 cent.

CRISTAUX DE ROCHE

24 — Cristal de roche. Flacon à panse sphérique couverte d'incrustations de pierreries, et à goulot orné, relié à la panse à l'aide d'une rosace de jade et d'une monture d'argent. Travail indien.

Haut., 175 millim.

25 — Cristal de roche. Divinité debout portant le fruit de longévité. Sur socle en bois. Travail chinois.

Hauteur sans le socle, 12 cent.

26 — Cristal de roche. Chimère couchée, formant encrier.

Larg., 14 cent.

27 — Cristal de roche. Bloc en forme de rocher.

Haut., 10 cent.

28 — Cristal de roche. Chimère couchée, sur un socle en bois sculpté.

Haut., 6 cent.; larg., 10 cent.

29 — Cristal de roche. Chimère debout, posant

*

une patte sur une boule et montée sur un socle carré élevé et uni.

Hauteur totale, 11 cent.

30 — CRISTAL DE ROCHE ENFUMÉ. Personnage couché s'appuyant du bras gauche sur une urne. Socle en bois.

Haut., 75 millim.; larg., 15 cent.

31 — CRISTAL DE ROCHE. Deux anneaux oblongs à contours; ils offrent dans leur longueur une partie droite.

Larg., 95 millim.; épaiss., 18 millim.

32 — CRISTAL DE ROCHE. Petit vase balustre à deux anses têtes d'éléphants, et sur socle de même matière à moulures.

Haut., 11 cent.

33 — CRISTAL DE ROCHE. Figurine de femme drapée, placée sous une sorte de niche en bois sculpté (la tête est rapportée). Vitrine à cage en bois dur.

Hauteur totale, 21 cent.

ORFÈVRERIE

34 — Théière de forme aplatie, en argent doré en partie, avec médaillons ovales ciselés, représentant des oiseaux. Travail chinois.

Haut., 17 cent.

35 — Chauffe-mains, de forme sphérique, à branchages et fleurs découpés à jour, en argent bronzé en partie. Travail japonais.

Diam., 76 millim.

36 — Très petit cabinet oblong, fermant à une porte et à trois tiroirs à l'intérieur, en argent, gravés, à arbustes fleuris, haies, etc. Travail japonais.

Long., 75 millim.

37 — Deux très petites pièces : boîte ovale, en argent ciselé à décors de fleurs arabesques, et un casque, en argent, fixé sur une plaque de cuivre.

IVOIRES & BOIS SCULPTÉS

38 — Grand pitong, en ivoire, laqué en relief à arbustes, figure de cavalier et rochers, sur socle de bois laqué.

Hauteur totale, 59 cent.

39 — Deux pitongs, en ivoire sculpté, à figures, animaux et arbustes, montés sur des socles élevés en laque aventuriné.

Hauteur totale, 50 cent.

40 — Trois pitongs, en ivoire, variés de dimensions, sculptés à l'imitation du bambou et décorés de branches de bambou laquées. Ils sont montés sur un même socle, en bois laqué.

Hauteur totale, 52 cent.

41 — Deux pitongs, en ivoire, à pourtour sculpté en haut-relief, offrant une multitude de figures près de kiosques, sous les arbres ; la base des vases se compose d'arabesques découpées à jour. Travail chinois.

Haut., 14 cent.

42 — Pitong, en ivoire, à décor de figures, d'arbres

et d'habitations, sculptés en bas-reliel et ressortant sur un réseau de quartefeuilles, très délicatement découpées à jour.

Haut., 13 cent.

43 — Pitong, en ivoire, décoré de gravures, paysages et figures, et d'inscriptions en creux et bleuies.

Haut., 11 cent.

44 — IVOIRE CHINOIS. Forteresse dans une enceinte occupée par des fantassins armés de piques. Travail chinois. Cette pièce est placée sous une vitrine carrée formée d'une monture à cage, en bois dur, avec socle sculpté.

Haut., 50 cent.

45 à 54 — Trente et un petits ivoires japonais très finement sculptés, groupes et figurines, neskés, boutons.

55 à 58 — Seize neskés, groupes, figurines, animaux, fruits, boutons en bois sculpté.

59 — Deux étuis : l'un en morse sculptée à fleurs et ustensiles, l'autre en bambou gravé à inscriptions et arbustes.

60 — Bois sculpté, laqué et doré : statuette de divinité revêtue d'un somptueux costume, le front ceint du diadème, tenant de la main droite une petite pagode et de la gauche une lance. Sous ses pieds, se tord un monstre terrassé.

Haut., 67 cent.

61 — Bois sculpté. Deux groupes en bois clair sculpté en ronde bosse ; dame japonaise tenant une fleur et fillette portant une tasse ; homme tenant un écran et jeune garçon lui présentant une pipe à opium. Socle de bois noir sculpté.

Haut., 38 cent.

62 — Quatre figurines en bois sculpté.

ÉMAUX CLOISONNÉS

63 — Joli sceptre en bronze ciselé et doré, enrichi d'appliques en émail cloisonné à fond bleu. Ancien travail chinois.

Long., 35 cent.

64 — Brûle-parfums quadrangulaire reposant sur quatre pieds, à deux anses en S et à couvercle

surmonté d'une chimère assise en émail cloisonné de la Chine à fond bleu, avec parties réservées en bronze doré.

Haut., 32 cent.; larg., 33 cent.

65 — Deux flambeaux carrés de plan, de même travail, et pouvant accompagner la pièce qui précède.

Haut., 26 cent.

66 — Deux brûle-parfums sphériques sur tiges élevées et bases rondes, en émail cloisonné de la Chine à fond bleu.

Haut., 32 cent.

67 — Deux grands flambeaux à larges plateaux ronds à bords évasés, en émail cloisonné de la Chine, décorés de fleurs et d'ornements polychromes sur fond bleu turquoise.

Haut., 45 cent.

68 — Deux vases cylindriques à côtes, évasés à leur partie supérieure, en émail cloisonné de la Chine, décorés de branches fleuries sur fond bleu turquoise.

Haut., 28 cent.

69 — Petit vase en forme de balustre en ancien émail cloisonné de la Chine, décoré de fleurs sur fond bleu turquoise.

Haut., 18 cent. 1/2.

70 — Deux boîtes rondes en émail cloisonné de la Chine, décorées d'arbustes, d'oiseaux et d'animaux sur fond bleu et sur fond violacé.

Diam., 29 cent.

71 — Deux plats ronds en émail cloisonné de la Chine, décorés de plantes aquatiques et de poissons sur fond bleu au bord et sur fond bleu au fond.

Diam., 39 cent.

72 — Deux pièces en ancien émail cloisonné de la Chine à fond bleu turquoise. Boîte cylindrique et base à angles coupés.

Diam., 10 cent. 1/2 et 11 cent. 1/2.

73 — Deux plats ronds en émail cloisonné du Japon, décorés de fleurs et d'ornements.

Diam., 40 et 36 cent.

74 — Cinq pièces en émail cloisonné du Japon : bol à cinq lobes et quatre plateaux, l'un d'eux cylindrique, les autres à contours.

75 — Disque en ancien émail cloisonné de la Chine, représentant une fleur de lotus à fond ajouré, inscrite dans une circonférence. Ce disque s'appuie sur deux têtes chimériques posées sur le nœud, surmontant une tige émergeant d'une terrasse, entre deux chimères affrontées; ce support est en bronze.

Haut., 26 cent.

BRONZES

76 — Deux groupes en bronze du Japon, composés chacun d'une statuette de divinité, les mains jointes, les vêtements flottant au vent, debout sur le dos d'un crupaud.

Haut., 47 cent.

77 — Chien de Fô formant brûle-parfums, une patte appuyée sur une boule évidée; ancien bronze à patine brune.

Haut., 57 cent.

78 — Éléphant formant brûle-parfums, en bronze à patine claire tachetée de dorure; il est couvert d'un riche caparaçon et supporte une lampe en

forme de nacelle, à couvercle repercé à jour.

Haut., 30 cent.

79 — Éléphant brûle-parfums, en bronze à patine brune, couvert d'un caparaçon bordé de grelots et supportant une tour carrée à deux étages.

Haut., 34 cent.

80 — Cigogne formant brûle-parfums, placée sur une feuille d'eau ; bronze japonais à patine foncée.

Haut., 28 cent.

81 — Autre un peu moins haute.

Haut., 25 cent.

82 — Huit plaques ornementales de suspension, surmontées d'une bélière, en cuivre découpé à jour, gravé et doré, avec cordelières et fleurs de lotus rapportées. Travail japonais.

Haut., 30 cent.

83 — Figurine de divinité boudhique agenouillée et portant sur la main droite, élevée, un chien de Fô ; bronze doré ; socle en bois dur.

Haut., 19 cent.

84 — Figurine d'homme jouant de la flûte, à califourchon sur un bœuf ; bronze chinois à patine brune frotté d'or. Socle en bois fouillé à jour.

Haut., 15 cent.

85 — Miroir japonais en bronze argenté, à décor de cigognes, de tortues et d'arbres en relief. Il est accompagné d'un chevalet porte-miroir en laque dorée, garni d'appliques en métal.

Diam., 40 cent.

86 — Mule sellée et portant un riche harnachement garni de grelots ; la selle est ajourée en façon de couvercle de brûle-parfums.

Haut., 40 cent.; long., 62 cent.

87 — Brûle-parfums figuré par un cerf qui passe ; une feuille repercée forme le couvercle ; bronze japonais à patine noire.

Haut., 55 cent.

88 — Brûle-parfums formé d'un vase en quatre parties, le socle à trois pieds ; la panse sphérique, le col cylindrique et le bord très large ; le vase est décoré de flots ; un dragon rapporté entoure le col du vase.

Haut., 36 cent.

89 — Deux cigognes en bronze, tenant dans le bec une branche se terminant en un bouquet (rapporté) à cinq lumières.

Haut., 52 cent.

90 — Vase piriforme à col cylindrique, muni de deux anses, en bronze japonais à patine brune ; la panse est décorée de tortues et de plantes en relief.

Haut., 26 cent.

91 — Vase en forme de théière, à panse sphéroïdale et à goulot en col de dragon, dont la queue figure l'anse.

Haut., 21 cent.

92 — Vase ovoïde à couvercle percé d'ouvertures et surmonté d'une chimère ; deux flammes simulent les anses ; une frise de feuillages entoure la panse.

Haut., 28 cent.

93 — Petit brûle-parfums à panse sphérique, reposant sur trois pieds droits à anses têtes chimériques, médaillons branches de fleurs et couvercle surmonté d'une chimère. Bronze ciselé et doré du Tonkin.

Haut., 14 cent.

94 — Brûle-parfums de forme analogue, mais à quatre pieds bas, en bronze du Tonkin, doré en partie.

Haut., 9 cent.

95 — Brûle-parfums de suspension, en bronze du Japon, formé d'un hong-foang volant, ayant sur le dos un bonze assis les jambes croisées, et lisant.

Long., 34 cent

96 — Vase en forme de bouteille, à corps surbaissé et à long col, muni de deux anses s'échappant de têtes chimériques. Il est décoré de zones de grecques.

Haut., 21 cent.

97 — Chimère, la tête relevée, tenant dans sa gueule une branche qui supporte un disque gravé dans lequel est enchâssée une plaquette d'ancien cloisonné de la Chine.

Haut., 23 cent.

98 — Jardinière irrégulière à angles droits, en bronze de la Chine, décorée au pourtour de paysages en relief.

Long., 32 cent.

99 — Vase cylindrique, en bronze gravé, muni de deux anses figurées par des dragons.

Haut., 26 cent.

100 — Cloche en bronze du Japon, ceinte de moulures ; l'anneau de suspension est formé par un dragon.

Haut., 24 cent.

101 — Vase à côtes longitudinales, en forme de balustre, dont la panse présente deux chauves-souris en relief. Ancien bronze à patine rougeâtre.

Haut., 13 cent.

102 — Vase piriforme en bronze de la Chine, à col ceint d'une bordure de grecques, et à anses simulées par des têtes chimériques avec anneaux de perles.

Haut., 16 cent.

103 — Petit vase piriforme, en bronze de la Chine, décoré au col de fleurs arabesques, et à la panse de cordons et de guirlandes perlées ; il repose sur trois pieds têtes d'éléphants.

Haut., 16 cent.

104 — Dragon en bronze doré, les griffes appuyées

sur une boule, socle trilobé en cuivre gravé et argenté.

Haut., 6 cent.

105 — Tortue en bronze du Japon.

Long., 12 cent.

106 — Deux vases en bronze du Japon, à cols évasés, garnis d'anses formées de dragons, s'arrondissant en cercle.

Haut., 32 cent.

107 — Petit brûle-parfums hémisphérique à anses surélevées, supporté par trois pieds droits et à couvercle de bois sculpté à jour.

Haut., 12 cent.

108 — Autre en forme de feuilles juxtaposées et enveloppées de branches en relief; couvercle ajouré surmonté d'un fruit.

Haut., 12 cent.

109 — Bouilloire couverte en forme de baril à anse, surélevée et à goulot, en cuivre bronzé, à décor de chimères gravées et argentées.

Haut., 21 cent.

110 — Deux vases balustres en bronze du Japon à anses têtes d'éléphants, décorés d'oiseaux et de fleurs d'aubépine en relief.

Haut., 20 cent.

111 — Chimère harnachée et caparaçonnée, supportant un vase d'où surgit une branche.

Haut., 15 cent.

112 — Plusieurs petits vases en bronze de Chine et du Japon.

LAQUES

113 — Deux petits brûle-parfums circulaires et lobés en laque d'or du Japon, doublés de métal et couverts d'une grille bombée.

Diam., 5 cent.

114 — Petite boîte oblongue à trois compartiments en laque du Japon, à décor de fleurons et d'arabesques sur fond aventurine.

Haut., 6 cent.; long., 8 cent.

115 — Petite boîte rectangulaire et à dessus cintré

en laque du Japon, simulant un instrument de musique à cordes.

Haut., 3 cent.; larg., 11 cent.

116 — Étui porte-cartes en laque du Japon à reliefs, décor à paysages montagneux en dorure et aventurine. Le dessous porte une signature.

Haut., 155 millim.

117 — Trousse à compartiments superposés en laque du Japon à reliefs : habitations sur les rochers au bord de la mer ; elle est reliée à un sac en soie par une ganse traversant deux boules en agate et un bouton en mosaïque de nacre, avec oiseau rapporté en ivoire teint de plusieurs couleurs.

Hauteur de la trousse, 8 cent.

118 — Boîte plate en forme de coquille en laque d'or du Japon, à dessus représentant un paysage à légers reliefs.

Long., 8 cent.

119 — Trousse à décor de chevaux en relief en laque d'or et d'argent, sur champ d'or uni et aventuriné ; elle est accompagnée d'une sacoche de soie brochée.

Haut., 9 cent.

120 — Boîte ronde de Pékin en laque rouge et vert ciselé, à décor de fleurs et de feuilles sur un fond de grecques.

Diam., 7 cent.

121 — Boîte cordiforme en laque rouge ciselé, de Pékin, à décor de fleurs et de grecques.

Haut., 13 cent.

122 — Petit plateau ovale à bord festonné en laque rouge et vert ciselé, de Pékin, à décor de grappes, de feuilles et de grecques.

Long., 16 cent.

123 — Petit plateau oblong à bords lobés en laque rouge ciselé, de Pékin, à décor de carrelages.

Long., 17 cent.; larg., 13 cent.

124 — Boîte à gants en écaille, à dessus décoré de laque en relief, or et argent, avec incrustations de burgau, à décor représentant une tortue, une cascade et des arbres.

Long., 23 cent.; larg., 8 cent.

125 — Deux boîtes carrées en laque, à fond brun, décorées en dorure de papillons inscrits dans

des circonférences ; l'une d'elles contient une série de très petites boîtes rondes et carrées.

Haut., 9 cent. sur 8 cent.

126 — Pagode carrée en laque noir, fermant à deux portes. Elle renferme une divinité bouddhique debout en bois laqué.

Haut., 38 cent.

127 — Pagode en laque rouge, fermant à deux portes et sur socle de même nuance, garnie d'ornements en cuivre gravé et doré. Elle renferme un groupe de divinités en bois sculpté.

Hauteur totale, 37 cent.

128 — Petite pagode en laque aventuriné, fermant à deux portes. Elle renferme un groupe de trois divinités en bois sculpté.

Haut., 13 cent.

129 — Grande boîte oblongue en laque aventuriné du Japon, décorée d'arbustes et d'armoiries en relief dorés et argentés.

Long., 87 cent.

130 — Boîte quadrangulaire en laque noir du Japon,

décorée de paysages et de grues voltigeant en or en relief.

Haut., 13 cent.; long., 28 cent.

131 — Boîte de forme lenticulaire en laque noir du Japon, décorée de fleurs et de feuillages en or.

Diam., 20 cent.

132 — Boîte carrée à deux compartiments en laque aventuriné du Japon, décoré d'arbustes fleuris en or.

Diam., 26 cent.

133 — Table à écrire de forme rectangulaire, en laque noir, décorée de fleurs en or en relief, montée sur deux pieds découpés.

Long., 60 cent.

134 — Jardinière oblongue en laque rouge et vert ciselé de Pékin, avec socle et couvercle en bois sculpté.

Long., 28 cent.

135 — Coffret à châles, de forme rectangulaire, en laque du Japon, à décor de cigognes et d'arbres dorés et en relief, sur fond noir aven-

turiné ; le revers du couvercle offre aussi un paysage en relief en laque d'or et d'argent.

Long., 46 cent.; larg., 34 cent.

136-137 — Deux coffrets rectangulaires en laque, décorés sur le couvercle de chimères dorées en relief, sur fond noir poudré d'or.

Long., 37 cent.; larg., 30 cent

138 — Deux plateaux longs en laque, fond rouge, l'un à décor d'aigles, l'autre de cigognes en relief.

Long., 48 cent.

139 — Écritoire carrée en laque, à décor en dorure sur fond noir.

Long., 22 cent.

140 — Deux coffrets rectangulaires, l'un à couvercle, l'autre à dessus glissant à coulisse, décor de roseaux en dorure sur fond noir.

Long., 17 et 15 cent.

141 — Support en cinq lobes en laque fond noir, décoré en dorure de bouquets de bambous et garni d'appliques de cuivre.

Haut., 21 cent.

142 — Trois coupes à pieds variés, en laque du Japon, à décor de figures, de cigognes et de paysages or et argent sur fond rouge; deux sont signées sous le pied.

Diam., 14 cent.

143 — Lot de petits cabinets, boîtes, coffrets et petits plateaux en laque.

PORCELAINES

144 — Trois potiches couvertes d'ancienne porcelaine du Japon, à décor de fleurs, de feuillages et de cigognes en bleu, rouge et or dans des divisions lobées, à bord relevé d'un filet d'émail noir; des chimères surmontent les couvercles.

Hauteur totale, 65 cent.

145 — Grande potiche couverte d'ancienne porcelaine du Japon à grandes réserves occupées par des bouquets de pivoines et de chrysanthèmes et encadrées de larges bandes ornementales à fond bleu, relevées d'un galon d'émail noir. Une figurine de femme surmonte le couvercle.

Hauteur totale, 1 m. 2 cent.

146 — Grande fontaine en porcelaine du Japon, formée d'un vase couvert, à anses trompes d'éléphants, à décor de cigognes, de nues et de rosaces en relief émaillées blanc sur fond bleu; le robinet se termine par une tête de dragon. Une chimère surmonte le couvercle.

Haut., 65 cent.

147 — Grande bouteille à panse ovoïde et col allongé, en céladon vert d'eau, à décor d'oiseaux, d'arbres et de fleurs, en bleu et blanc réservé.

Haut., 60 cent.

148 — Vase en forme de balustre allongé, à col évasé, ceint d'une collerette saillante et festonnée, et muni de deux anses trompes d'éléphants, à anneaux mobiles, émaillées brun. Le fond est émaillé vert; la collerette et la frise à figures, ustensiles et grecques, qui décorent la panse, sont peintes en bleu sur émail blanc.

Haut., 62 cent.

149 — Bouteille carrée d'ancienne porcelaine du Japon, à décor de branches fleuries en bleu, rouge et or; col et bouchon à vis en argent.

Haut., 34 cent.

150 — Bouteille carrée, vieux Japon, à figures, paysages et encadrements en bleu sur émail blanc. Bouchon à anneau en étain.

Haut., 34 cent.

151 — Plat rond en vieux Chine, décoré en émaux de couleurs ; au fond, des pivoines et un vase ; au marli, trois branches, fleurs et grenades.

152 — Support en forme de baril octogone, en porcelaine du Japon, décorée en bleu de fleurs arabesques et de lambrequins.

Haut., 47 cent.

153 — Potiche couverte, en ancienne porcelaine du Japon, décor en bleu, représentant un paysage.

Haut., 42 cent.

154 — Trois pièces : potiche allongée et deux cornets d'ancienne porcelaine de Chine, fond blanc à décor de branches de fleurs en relief, émaillées en couleur.

Haut., 27 cent.

155 — Deux grands cornets côtelés d'ancienne porcelaine de Chine à décor de fleurs et d'ara-

besques en bleu et rouge de cuivre, rehaussées de dorure rapportée. Collerette et socles en bronze de style rocaille.

Haut., 58 cent.

156 — Quatre petits plats ronds, décorés en bleu, fleurs et feuilles au fond, lambrequins au marli.

157 — Trois pièces : un compotier bleu, rouge et or, et deux petits plats décorés en bleu.

158 — Statuette en vieux blanc de Chine, d'une divinité enveloppée dans un grand manteau, assise sur une fleur de lotus portée sur un tronc d'arbre enveloppé de feuilles d'eau sur l'une desquelles est posé un oiseau.

Haut., 24 cent.

159 — Trois pièces : deux théières, l'une en poterie du Japon, l'autre en Chine à mandarins, et un crachoir céladon, décoré en bleu et vert.

160 — Petit plateau rond en Chine, émaillé jaune et bordé d'une grecque bleue, et contenant divers objets en relief : monnaies d'or, branche de corail, et un cheval harnaché, émaillés au naturel.

161 — Deux dragons, ronde bosse, émaillés blanc.

162 — Trois soucoupes variées, l'une à réserves en éventail sur fond bleu poudré.

163 — Compotier décoré bleu à réserves de fleurs.

164 — Deux perroquets émaillés en couleur.

165 — Poule, décorée en bleu et rouge.

166 — Figurine de femme, en céladon vert pâle.

167 — Quatre bols : trois à décor de fleurs en bleu, rouge et or, Japon, et le quatrième décoré en bleu.

168 — Deux théières côtelées, l'une piriforme, l'autre droite à anse surélevée, décor bleu, rouge et or. Japon.

169 — Deux pots à crème variés de décors.

170 — Vase bursaire en poterie du Japon, à bandes alternées : vertes, niellées noires et blanches, simulant une peau de serpent.

Haut., 12 cent.

171 — Sept petits vases et une théière en poterie du Japon.

OBJETS VARIÉS, PETITS MEUBLES, ETC.

172 à 175 — Neuf belles gardes de sabres, ovales et lobées, en fer et en bronze, à figures, oiseaux, fleurs et ornements en relief, enrichies d'applications d'or (la plupart sont signées).

176-177 — Quatre gardes circulaires en fer, repercé à jour, à décor de feuilles, de fruits, de voiles, etc.

178 — Agate calcédoine nuancée de brun : garde de sabre en forme de disque décoré d'un dragon, sculpté en relief.

179-180 — Lot d'appliques et de petits ornements en métal japonais, avec rehauts d'or, petites boules en émail cloisonné et en cristal.

181 — Trois sabres japonais.

182 — Deux poignards japonais : l'un en métal,

gravé et argenté ; l'autre en cuivre, à coqs et fleurons en relief.

183 — Pagodite. Deux pièces : 1° dame chinoise et gazelle dans une jonque sur les flots, contre un saule ; 2° flacon-tabatière.

184 — Quatre petits plateaux carrés à bords relevés, en stéatite, décorés de gravures représentant des dragons, avec quelques rehauts d'or.

12 cent. sur 12 cent.

185 — Petit cabinet japonais plaqué de bois d'essences variées, à petits compartiments de marqueterie figurant divers dessins géométriques ; il ouvre à deux portes surmontant un tiroir.

Haut., 31 cent.; larg., 35 cent.

186 — Petite table ou support, en laque fond noir, décorée de feuillages en dorure ; le dessus, bordé d'une galerie, surmonte deux tiroirs ; les quatre pieds posent sur une tablette à moulures.

Haut., 28 cent.

187 — Cabinet japonais en mosaïque de bois natu-

rel à damier, ouvrant à deux portes laquées noir et or.

Haut., 58 cent.; larg., 60 cent.

188 — Siège japonais pliant, façon bambou, avec traverse en laque.

189 — Deux poupées japonaises, les têtes et les extrémités en bois peint, les vêtements en soie et crêpe.

190 — Quatre ronds de serviettes, deux en ivoire, à décor de poissons en laque d'or, les autres en émail cloisonné du Japon.

191 — Neuf pièces : œuf d'autruche laqué, deux petites boîtes à fiches en ivoire sculpté, une boule garnie de pointes mouvantes, trois noyaux sculptés et deux breloques, l'une en cuivre doré simulant une fleur, l'autre en ivoire teint, en forme de lanterne.

192 — Deux coussins en satin de Chine brodé à fleurs.

193 — Ceinture d'étoffe japonaise, traversée d'une bande en soie brochée à fleurs, en bleu sur fond blanc.

194 — Deux chemises.

195 — Étagère à tablettes de bois dur et montants en forme de bambou.

196 — Étagère en bois cantonnée de colonnettes en porcelaine, forme bambou, décorées en bleu.

197 — Chevalet porte-miroir en laque noir à ornements dorés.

www.ingramcontent.com/pod-product-compliance
Ingram Content Group UK Ltd.
Pitfield, Milton Keynes, MK11 3LW, UK
UKHW032011260826
14628UKWH00005B/2425

9 782329 473116